佐藤鬼房の百句

成熟に抗して

渡辺誠一郎

ふらんす堂

目次

佐藤鬼房の百句

むささびの夜がたりの父わが胸に

『名もなき日夜』
昭和二十六年

1

鬼房は満六歳になろうとする時、二十九歳の父を亡くす。それゆえ、生涯、父の姿を追い求める。囲炉裏から立ち上がる煙の中、むささびの話には、同郷の宮沢賢治の『よだかの星』のように、東北のぶ厚い闇の匂いがする。夜行性で木々を滑空するむささびは、闇を自在に操るかのようだ。夜の闇に包まれ、〈夜がたり〉は次第に幻影のように膨らんで行く。しかし父の記憶はおそらく定かでないのだ。その面影は鬼房の胸奥にいつまでも残り続ける。

濛々と数万の蝶見つつ斃る

『名もなき日夜』
昭和二十六年

2

昭和十五年、中国漢口の戦場での作。鬼房は、朝鮮の鏡城の輜重輸卒の連隊に入営後、中国南京、漢口、荊門などを転戦する。大陸を横断する途中で、夥しい数の蝶が、狂ったように乱舞する光景を見たのであろうか。それとも黄土の広がる地平に現れた幻視であったのか。

場面は、蝶の世界から〈斃る〉へと、残酷な戦場の現実に劇的に一変する。蝶が群れとなって、死の奈落へと急転直下するように。それがたとえ現実でなくとも、転戦の体験から生まれた確かな一句である。同じ「虜愁記」の章に〈胸せめぐ背嚢に手を嚙ませゆく〉を収める。

会ひ別れ霙の闇の跫音追ふ

『名もなき日夜』
昭和二十六年

3

昭和十六年十二月二十八日の夕ぐれ時、中国南京城外で、鈴木六林男と初めて出会う。二人は雑誌に載った作品を通して互いに知る仲であった。六林男は、鬼房の所属する部隊が近くにいることを知り、戦線離脱をして会いに行くのだ。〈跫音追ふ〉から戦場の緊迫感が伝わる。滞在の時間はわずか二時間ほど。後に二人はこの時、特別な話を交わしたわけではなかったと語る。六林男は同じ様に〈会い別る占領都市の夜の霰〉と詠む。戦場での最も劇的で、最も鮮やかな出会いであった。二人は盟友であり、生涯のライバルとなる。

生きて食ふ一粒の飯美しき

『名もなき日夜』
昭和二十六年

4

鬼房はインドネシアのスンバワ島で敗戦を迎え、そのまま捕虜生活を余儀なくされた。しかし肋膜炎が再発し、野戦病院送りとなる。ここで大勢のマラリアの感染者が、次々と死んで行くのを目の当たりにする。しかしそれでも、「不思議に、生きていることの高揚した気持が湧いて来て、炊飯の珠玉の美しさを一粒一粒体で感じ取ったのだ。」(「泉洞雑記」)と述懐している。一粒一粒とは、まさに輝く命そのものである。一粒の命を得て、鬼房は蘇る。〈美しき〉という言葉が、これほど確かな輝きを放つのは稀であろう。

夏草に糞まるここに家たてんか

『名もなき日夜』
昭和二十六年

5

戦後の動乱の時代にあって、自らの棲み処を定め、新たな生活への決意を詠む。〈夏草〉には、芭蕉が平泉で詠んだ「夏草」の句と同様、戦場で目の当たりにした「喪われたもの、喪われゆくものに対する強い感情」が込められていると自解。さらに、「風土に対するぎりぎりの（生理的ではあるが）執着心」（『片葉の葦』）と言い切る。芭蕉の「夏草」を起点に、時空を反転させ、未来へと歩みを始めるのだ。生きようとするその地に糞まり、生きるための根拠、証として、家を建てるのだ。新たな生へ歩み出そうとする覚悟の一句である。

切株があり愚直の斧があり

『名もなき日夜』
昭和二十六年

6

この句ほど鬼房という俳人を直截に捉えた作品はない。愚直は鬼房の代名詞となった。無季の句であり、リズムの不規則感が、季の情趣を超えた張りつめた空気を漂わせる。切株と斧が差し出され、それを〈愚直〉が繋ぎ留める。斧は、何ものかに立ち向かう意志であり、愚直に生きざるを得なかった鬼房自身なのだ。俳人としての矜恃を支えた一句。実は鬼房は〈愚直〉を、「ぐーちょく」と読むものと思っていたらしい（山田みづえ『野山』）。そうなると、句の緊迫感は緩くなるが、作者の嗄れた肉声が句に滲み、親しく響く。

毛皮はぐ日中桜満開に

『名もなき日夜』
昭和二十六年

7

桜の季語の本意からは遠い一句だろう。生臭い血肉の匂いが立ち込める真昼である。それを空一面の満開の桜が覆う。この句は、桜の木の下で、兎の生皮が鞣すために干されてあった実景という。同時に、漁労や狩猟などが行われていた縄文時代の記憶も蘇ってくる。私も津軽の少年時代、これに近いものを目の当たりにしたことがある。生きるために生き物を殺し、生活の糧にしてきた、かつての我々の日常の光景が、生々しく、そして眩しく立ち上がっている。

胸ふかく鶴は栖めりき Kao Kao と

『名もなき日夜』
昭和二十六年

8

鶴の鳴き声、〈Kao Kao〉が、軽やかで硬質な響きを放つ。このようなモダンな表記は、鬼房の世界では珍しい。鶴の存在は、もちろん作者の心象を象徴する。幼少の頃、鉱山ストライキのあおりを受けて、祖父とともに釜石から塩竈に移住して来た身にとって、流れ者の意識は終生消えなかった。それゆえ眼差しは常に遥か彼方にあった。鶴の鳴き声は、悲しげでもあるが、自らを彼方へ解放してくれるメッセージでもあろう。春に北へと帰る鶴に、自らの思いを共鳴、共振させるのだ。

呼び名欲し吾が前にたつ夜の娼婦

『名もなき日夜』
昭和二十六年

9

呼び名を知らない娼婦を前にして、鬼房は困惑しているのだろうか。客として娼婦の境遇に同情しているのだろうか。おそらくそのどちらでもない。娼婦の立っている時間への戸惑いと共有とが、この句を一句にしているだけだ。呼び名が欲しいのは、娼婦そのものだけに向けられるのではない。それはそのまま夜に立つ作者自身に向けられている。夜の闇の中で呼び名を失ってもなお生きざるを得ない我々自身の現実。それを愛おしむような哀惜深い一句。

青年へ愛なき冬木日曇る

『夜の崖』
昭和三十年

10

四国松山生まれの神野紗希は、この〈日曇る〉に、東北の冬の光を感じると述べたことがあった。東北に住む私には気がつかなかった。それを思うと、この句の陰翳の働きがはっきりする。一切の葉を落とし、愛を拒絶するように立つ冬木。その存在に対する青年自身もまた何ものにも紛れずにある。〈日曇る〉は通奏低音のように拡がり、青年が抱く不安な心象を浮び上がらせる。

「ぼくの孤独はほとんど極限《リミット》に耐えられる」と詠んだ吉本隆明の詩の一節を思い出す。

縄とびの寒暮いたみし馬車通る

『夜の崖』
昭和三十年

子どもの遊戯である〈縄とび〉と、軋みを立てる古びた馬車の動きには懐かしさが漂う。切れは動くが、〈寒暮〉から物語がはじまる。寒い夕方に射す光の影が深く、重く沈むような情感を湛えている。この世界を、イタリアの画家キリコの絵画のようだとは、歌人塚本邦雄の評。だがこの句は、塩竈の赤坂交差点の実景である。まだ貧しかった戦後のわが国では普通にどこでも見られた。貧しい中でも、子どもが縄跳びで元気に遊ぶ姿は、明るい未来を暗示するのだ。鬼房が亡くなって二年後、交差点にはこの句を刻んだ句碑が建立された。

怒りの詩沼は氷りて厚さ増す

『夜の崖』
昭和三十年

三十代前半の作。厳しく直截な表現である。〈怒りの詩〉とは、表現世界を撃つ態度そのものである。怒りは、外へ向けられる。と同時に、自らの内にも厳しく向けられる。時代に対峙する作者の姿そのものである。

当時の社会的状況は、メーデー事件が起きるなど、政治の季節であった。俳句の世界では、社会性俳句の論議が盛んに行われていた頃である。同じように、〈酷寒の真鰯つまむ街娼か〉〈友ら護岸の岩組む午前スターリン死す〉などにも、この時代特有の空気が流れている。

冬山が抱く没日よ魚売る母

『夜の崖』
昭和三十年

13

六歳で父を失った鬼房は、残された兄弟と共に、母の手一つで育て上げられた。そのため、生活は赤貧ではないものの、貧しい境遇にあった。当時の港町塩竈の経済は、魚の水揚げによって支えられていた。もっとも容易く仕事を始めるには、数匹の魚をトタンの上に置くことだとの話も伝わるほどだ。没日を抱く冬山は、一日の終わりの寒々とした光景である。家族を支えるために働く、たくましい母の姿が、沈む冬陽に鈍く輝いている。いつものように変わらぬ没日ではあるが、明日への確かなはじまりでもあるのだ。

齢来て娶るや寒き夜の崖

『夜の崖』
昭和三十年

14

　大正八年生まれの鬼房は、青春時代を戦争によって、翻弄された世代。昭和二十一年五月には復員、帰郷する。二十七歳を迎えていた。その年の十一月に、早坂ふじゑと結婚し、後に一男二女を授かる。この句では、娶るべき歳を迎えたとあるが、実際は婚姻後の作である。

　戦後の混乱期の未だ先行きが定まらない世の中で、さまざまな不安を抱えながら、伴侶を得て、新たな生活を始める覚悟を示すのだ。〈寒き夜の崖〉は、時代に対する認識であり、生きようとする強い意志そのものである。

子の寝顔這ふ蛍火よ食へざる詩

『夜の崖』
昭和三十年

15

子の寝顔に蛍火が点る光景は幻想的で美しい。しかしそれは、どこか不安の影を帯びている。昭和三十年代は、誰しもが貧しかった時代であった。特に昼夜を問わず勤めを繰返す鬼房の生活は、決して楽ではなかった。父親としての未来への不安の中で、子の寝顔を這う蛍火は今にも消えそうである。しかしその蛍火は、未来へ微かな希望を灯す光でもあった。

鬼房は、日常に身を沈め、〈食へざる〉俳句を前に、明日への夢を見、ひたすら詩想を深めていたのだ。

馬の目に雪ふり湾をひたぬらす

『海溝』
昭和五十一年

16

鬼房の職場は塩竈湾の奥にあり、目の前には常に海があった。冷凍倉庫の機械操作の仕事は、夜勤も多かった。高度成長期までは、馬の姿は、日常の風景の中にあった。港町塩竈でも、大量の魚の運搬に、多くの馬車が使われていた。この句の馬は、荷車を曳き終わり、海の近くに繋がれていたのだろう。馬の瞳に映るのは、湾にしきりに降り注ぐ雪である。冬の海と馬の大きな瞳が一つの構図に重なる。雪にひた濡れているのは海であり、馬の目であり、夜勤帰りの鬼房自身である。

女児の手に海の小石も睡りたる

『海溝』
昭和五十一年

17

重厚な作風で知られる鬼房の世界であるが、この句は違う。海で遊び疲れたのだろうか、眠ってしまった女児は、寝息を立てている。その小さな手の中には、海辺で拾った美しい小石が握られている。小石は夢のなかで、海で遊んだ記憶を、女児に静かに語りかけるのだ。その楽しい大切な記憶を手放さぬように、小さな手は小石を固く握ったまま離さない。まるで夢物語のようだ。幼い頃の長女を詠んだものだが、これを愛おしく見つめる、父としての鬼房の眼差しは限りなく優しい。

潮びたる陰毛流失感兆す

『海溝』
昭和五十一年

昭和三十五年五月のチリ地震による大津波は、三陸沿岸部を中心に大きな被害をもたらした。塩竈にも、二・七メートルの大津波が押し寄せた。港に繫留していた漁船や観光船が数多く陸地に打ち上げられ、床上浸水は八三五戸に及んだ。港近くの冷凍倉庫で働いていた鬼房は、被災した情景や自らの体験を、皮膚感覚そのままに詠む。〈潮びたる〉と、まさに津波による被災を、下半身に及んだ不快な〈流失感〉として生々しく捉える。

他に、〈潮ぬめる路地に燈がさし羽蟻とぶ〉〈夜は罠の静かさで潮湿る街〉〈死者に星咲いて潮蒸す船溜〉を詠む。

海鳴りが死者にも聞え椿山

『海溝』
昭和五十一年

塩竈の隣町七ヶ浜町にある天神森という岬での作。義姉が姑とともに暮らした地であり、海を見下ろす丘には山墓が立ち並ぶ。鬼房は、「海鳴りは生きている自分たちに直に聞こえるが、それ以上に、海で死んだものや、こうして海のほとりで死んだ老母など、ここに霊の眠る限り、たえず海鳴りが聞こえてくる筈だと、私は〈海鳴りが死者にも聞え〉る感銘に浸った」（「泉洞雑記」）と述懐している。海鳴りは、祈りの旋律となって、死者たちの深い眠りのなかでいつまでも止むことはない。海原が拡がる椿山に立ち尽くして悼む鬼房の姿がある。

野遊びの遠い人影三鬼亡し

『海溝』
昭和五十一年

20

西東三鬼への追悼句。〈人影〉は、三鬼の〈野遊びの皆伏し彼等兵たりき〉の人影とともに脳裏に浮かんだと自解する。人影の遠さには、ありし日の三鬼への哀惜が深い。鬼房は、三鬼の「天狼」下の同人誌「雷光」に入り指導を受ける。三鬼は第一句集『名もなき日夜』の序には、「北の男」と題し、「鬼房は彼の詩友達と遠く離れていて、極北の風と濁流に独り立つ。風化せず、押し流されず独り立つ。／鬼房は貧窮の中に断乎として句を作れ。愚痴、泣言でなき俳句を作れ。」と寄せ、弟子である「新興俳句生えぬきの作家」の未来に花を添えた。

吾にとどかぬ沙漠で靴を縫ふ妻よ

『海溝』
昭和五十一年

妻が夫の靴を繕っている。ここから生活の場面は一転し、遥かな沙漠の時空へと変わる。遠い沙漠で、妻が一人靴を縫う姿は、メルヘンの世界のように美しい。しかし沙漠は遠く、熱砂や砂嵐などの過酷な地である。生活を共にする夫婦。気持ちは通じていると思っていても、互いに理解し得ない程距離は遠く、越えがたい闇を抱えているのだ。〈とどかぬ沙漠〉と〈妻よ〉との呼びかけがこれを暗示する。

前書に「宿痾の胆嚢切除」とある。〈妻よ〉との言葉の通り、病の床からの妻恋いの一句。

半夏の雨塩竈夜景母のごと

『海溝』
昭和五十一年

22

塩竈は、〈陸奥はいづくはあれど塩竈の浦漕ぐ舟の綱手かなしも〉（『古今和歌集』「東歌」）の歌が知られる、歌枕の地である。

今では開発も進み、町の様子もかなり変わってしまった。だが優しく海を包むようにある港のたたずまいは昔のままである。それはまるで子宮に包まれているような穏やかな地勢である。鬼房は歌枕の詩情に、夜の半夏雨の陰翳を加え、母の面影を重ねるのだ。

月光とあり死ぬならばシベリヤで

『地楡』
昭和五十年

23

極寒の地と月光とは、自虐的ロマンチストの鬼房には良く似合う。しかし他方、シベリア（ヤ）といえば、戦後になって、旧ソ連が、軍人軍属約五十六万三千人を移送し、屋外での過酷な重労働に従事させた地である。寒さや食料不足などで、多くの人が亡くなった。鬼房は昭和十五年に入隊し、朝鮮、中国、インドネシアを転戦。終戦はスンバワ島で迎え、捕虜となる。そして昭和二十一年五月に復員する。この句は、シベリア凍土に戦没した同時代の若者に、生き延びたおのれ自身を重ねる。凄烈な輝きを放つ月光の下、戦没者に対する哀悼の念を深くするのだ。

蝦夷の裔にて木枯をふりかぶる

『地楡』
昭和五十年

鬼房の父の出自は岩手県岩泉町、母は同じ胆沢町（現奥州市）。自身は釜石市に生まれる。胆沢の地は、平安時代初期、坂上田村麻呂と戦った蝦夷の族長、阿弓流為《あてるい》の本拠地。弱者の側に立つ作者にとって、蝦夷は己の血脈に繋がり、虐げられた者たちの象徴であった。

句からは、北の地に生き、蝦夷の誇りを胸に、厳しい木枯らしが吹きすさぶなか、一人奮迅する鬼房の姿が浮かび上がる。蝦夷の句は他に、〈夷俘の血を呼び北颪身ぬち過ぐ〉。高橋睦郎は、「みちのくの俳爾佐藤鬼房翁に」とし、〈阿弖流為か母禮か血を噴く朝櫻〉と詠む。

生き死にの死の側ともす落蛍

『地楡』
昭和五十年

25

死際にある落蛍である。蛍の弱々しく微かな光が、〈死の側〉を照らしている。この句には、「病臥つづく」と前書があるように、落蛍は己自身であろう。生涯宿痾に苦しんだ鬼房にとって、死の影は日常と背中合わせにあった。落蛍になってなお〈死の側〉を照らし、死を凝視しようとする姿が痛々しい。〈死の側〉に、鬼房は何を見ようとしていたのだろうか。奈落の底、それとも微かな光明であり、救いであったかもしれない。

同じ前書の句、〈薬臭の廊幾曲り梅雨荒し〉。

赤光の星になりたい穀潰

『地楡』
昭和五十年

「現代寓話」の章にある。「赤光」といえば、齋藤茂吉の第一歌集にある〈赤光のなかに浮びて棺ひとつ行き遙けかり野は涯てならん〉の歌を思い起す。「赤光」の言葉は、『仏説阿弥陀経』の中に、「……青色青光黄色黄光赤色赤光白色白光」とあり、それぞれが独自の色をもって輝くことである。

鬼房は、穀潰として赤光の星へと自らの昇華を強く願うのだ。しかし、小林一茶の〈穀つぶし桜の下にくらしけり〉にくらべると、「現代寓話」と名付ける通り、さほどの深刻さはない。

陰《ほと》に生《な》る麦尊けれ青山河

『地楡』
昭和五十年

27

この句が成ったとき、鬼房は、俳人としての「命脈が尽きた」としてもかまわないとまで言い切った。やがて自らが、「俳枕」になる幻想を抱くとも嘯ぶいた。そして「私の心のなかには常に山河が住んでいる。私は『私の風土記』を綴ってゆこう。」（『片葉の葦』）と。

この句は、食物をつかさどる大気都比売神《おおげつひめのかみ》が、目、耳、陰部などの体内から、稲種、麦などを生んだとする『古事記』に拠る。生命力が湧き上がる眩しい大地賛歌である。しかし神話に拠る分、いわば鬼房の肉声からは遠く、濁りのない世界のような気がしてならない。

56 — 57

ひばり野に父なる額うちわられ

『地楡』
昭和五十年

28

古代中国における「弑《しい》」の文字は、子が親を、臣下が主君を殺める意味を持つ。ここでの子は男子。父なる存在は打ち倒され、乗り越えられるべきものとしてある。それゆえ、萩原朔太郎のいうように、「父は永遠に悲壮である」(『宿命』)のだ。鬼房はこの朔太郎の言葉を、「三十代には感傷風に、しかしいま(注―五十代)はのっぴきならぬ実感として」(「一の沢日記」)受け止めていると述べている。〈いねし子に虹たつも吾悲壮なり　鬼房〉の世界も同じ様に、父となったときの「のっぴきならぬ実感」が伝わってくる。

ぼろのごと少年撃たるアヴェマリア

『地楡』
昭和五十年

29

地球上には、少年自らが爆弾を抱えて自爆テロを敢行したり、銃で撃たれたりすることが日常化している地域がいまだにある。このような惨劇はいつまで続くのだろうか。この句はベトナム戦争が激しかった時代の作。〈ぼろのごと〉として、痛々しい少年の無残な姿が、われわれの前に投げ出される。撃たれた少年の未来は潰えた。しかし一転し、〈アヴェマリア〉が唱えられ、少年の魂は救済への祈りに包まれる。鬼房のヒューマニズムは、厳しい現実にこそ際立つ。

父の日の青空はあり山椒の木

『地楡』
昭和五十年

幼くして父を亡くした鬼房にとって、その存在は記憶の彼方にしかない。それゆえ、父への思いは膨らむばかりであった。限りなく澄み切った青空の中に立つ山椒の木に、亡き父の面影を重ねるのだ。

野口雨情の童謡「山椒の木」には、「……おいらが父さんいつ帰る／聞かせてくれぬか山椒の木」との一節がある。山椒の木は、鬼房が父を呼び、父が甦る時の憑代であったかもしれない。塩竈にある小公園「鬼房小径《おにふさのこみち》」に、この句を刻んだ碑が、大空を背に、父恋うように建つ。

鳥《とり》食《ばみ》のわが呼吸音油照り

『鳥食』
昭和五十二年

鳥食は取食とも書く。古く、貴族などが催す大饗などのときに、残った料理を、庭に投げ捨て、身分の低い下衆などに分け与えることを意味する。油照りの下、苦しげに呼吸音がするなかで、浮かび上がるのは、鮮烈な情景である。おのれ自身を、虐げられた裔へと同化する鬼房の思いは痛々しいほどだ。

『鳥食』のあとがきには、「鳥食の賤しい流民の思いは消えず、迷い多き詠い手として試行錯誤を繰返してゆくばかりなのだ」と記す。この句に鬼房の自虐的心象は極まる。

枯木影川に及べり泣く臼子

『鳥食』
昭和五十二年

臼子とは、間引きされた嬰児のこと。かつて鬼房の家郷、岩手県三陸地方では実際行われていたという。多くは貧困を理由とした口減らしであった。嬰児は石臼の下敷にされて間引かれた。胸が締め付けられるほどの、悲しくも無惨な現実であった。しかし実際の間引きは、産婆の手によって行われる。それゆえ、「間引く」の言葉からは、悲惨な現実は見えてこないという。

嬰児の泣く声が、枯木の影を一層濃く際立たせる。鬼房は、民衆の痛々しい暗い闇の歴史からも目を背けない。他に〈陸中の晩夏臼子が啞啞とのみ〉と詠む。

吐瀉のたび身内をミカドアゲハ過ぐ

『鳥食』
昭和五十二年

33

鬼房は、度々入院を繰り返した。句からは、衰弱のため吐瀉が止まらない、蒼白な作者の表情が見える。〈ミカドアゲハ〉が、身内を過ぎるさまを認める幻覚。

荘子には「胡蝶の夢」の話がある。自らが胡蝶とともに、夢幻の中で一つになる儚い物語。他方、鬼房の世界は、切迫した病身の不快感そのものを、ミカドアゲハに変換するのだ。美しくもあるが、妖しい詩情が籠る。蝶のカナ表記が、身内を一瞬のうちに過ぎる蝶を際立たせるように演出する。

月朧なり寝腐れの眼のやうに

『朝の日』
昭和五十五年

〈寝腐れ〉とは、必要以上に寝てしまった状態のことである。仙台弁では、「ねくさる」といって、「だらだらと寝ている」ことであり、「寝てばかりいて怠けている状態」の意味にも使われる。

この寝てばかりいて目が腐ったような状態を、〈月朧〉の風情に重ねるとは。確かに雲に滲んだ月は、寝すぎてぼんやりと、はっきりしない目の状態に似ていないことはない。しかし春愁の情趣の籠る月朧の本意からは遠い。それが鬼房らしい独自の把握であり、しかも「地言葉」ゆえ、確かな実相を帯びる。

川蟬の川も女もすでに亡し

『朝の日』
昭和五十五年

35

『山川蟬夫句集』の返礼に添えた一句。山川蟬夫は高柳重信の別名。この句については、「私はその句集へのひそかなおかえし、おかえしというよりは私自身への揶揄をこめて」（「一の沢雑記」）詠んだと自解している。

　作者自身へ揶揄をこめたところに、鬼房の重信への信頼と親しみが見える。重信は鬼房に、「本当は、人々の死の後の歌こそ、俳句の典型的な思想なのかもしれない」（昭和三十四年十一月二十四日）と葉書に認めるなど、同じ詩情をともにする俳句の地平に立つ仲であった。

風光る海峡のわが若き鳶

『朝の日』
昭和五十五年

鬼房には珍しい春の光が溢れる爽快な一句、石巻からほど近い牡鹿半島の荻浜で詠む。荻浜は石川啄木が、明治四十一年の四月、函館に家族を残して東京へ向かう海路の途中、わずか五時間滞在した地。啄木は北の地から解放されたように、「此の荻の浜の五時間が今年の私の春であった。」と日記に書き、〈港町とろろとなきて輪を描く鳶を圧せる潮曇かな〉と詠む。輪を描く鳶は、青雲の高みへと飛翔しようとする啄木の思いそのものだ。鬼房の句も同じように、青雲の夢を抱いた頃の己自身を詠う。もちろん若き啄木へのオマージュでもある。

生きてまぐはふきさらぎの望の夜

『朝の日』
昭和五十五年

37

西行の歌、〈願はくは花のしたにて春死なんそのきさらぎの望月の頃〉に応答するかのようだ。如月の望月は、釈迦入滅の日である。西行は桜の花、そして望月を舞台に、自らの成仏を夢見る。

鬼房の世界は、生きることへの渇望の世界。そして性そのものへの欲望を曝す。西行の死は、雅に身を置く美しき願いであり、祈りそのもの。鬼房の世界は、生き繋ぐための生々しい〈まぐわい〉である。〈望の夜〉は、命が満ち来ることを暗示するようだ。

夏鳥はわが化身なれ沖つ石

『朝の日』
昭和五十五年

沖つ石は「沖の石」ともいう。古代の国府多賀城跡にある歌枕で、末の松山からも程近い。小さな池の中からは幾つもの岩が飛び出し、小ぶりな松が数本見える。仙台藩では守人を置き、大切に保護してきた。

鬼房は歌枕に抗して、「貴種ぶりのすましこんだ歌に対抗して人間性の真髄を発揮した」（「一の沢雑記」）いと、俳枕の復権を唱える。この句では、夏鳥を己の化身に見立てる。歌枕を憑代に、己自身を夏鳥に幻想するのは美しい。その分まだ少し気負いが残り、すまし込んでいるように思える。中村苑子の〈鳥群れてわが憑代の沖の石〉への返し歌。

南無枯葉一枚の空暮れ残り

『朝の日』
昭和五十五年

南無と軽く切れる。南無とはサンスクリットの言葉で、仏などに帰依することを明らかにする意味。

ここでは「南無」と呟くように一言放ち、空を捉える。空はまさに空《くう》であり、枯葉一枚だけが残される。ただそのことに、感応したのだ。感応は仏教では、信心することで神仏と繋がること。枯葉はもはや枯葉としてではなく、空そのものとなり、一つの時空に解消されている。

山祇の土になれゆく小楢の実

『朝の日』
昭和五十五年

山の神である山祇。山霊でもある。橿の木は、胡桃や栗の木とともに、縄文時代を特徴づける落葉広葉樹林に数多く見ることができる。多くの実を付ける豊かな植生を成す。鮭などの漁猟資源とともに、縄文時代の生活基盤を支えた。小橿の実は、やがて土に落ちる。まさに縄文の山神のふところに戻って行く。それが冬を経て、春になると新たな命の芽吹きを迎えるのだ。この句は、命の再生を願う自然賛歌である。

奈良県吉野村、投石の滝近くの石碑に刻まれた。

艮《うしとら》に怺へこらへて雷雨の木

『朝の日』
昭和五十五年

艮（丑寅）は、鬼が出入りするといわれる鬼門の方向を指す。古来より忌み嫌われた。ここに立つ一本の樹木は、鬼の出入りを封じるために植えられたのであろうか。激しく降り灌ぐ雷雨に打たれている。その厳しさにひたすら耐え、さらなる試練を受ける一樹。自らを苛む作者自身であるのは明らか。鬼門に鬼房とは。

しかし、鬼房にとって、鬼門は存在しないかもしれない。生前は自らを角のない鬼なのだとも公言していた。

余談だが、同じ塩竈のわが小宅は、鬼房宅から見て、丑寅に位置する。

地虫出る頃の鬱病だらにすけ

『潮海』
昭和五十八年

初出において〈だらにすけ〉は、「陀羅尼助」の表記であった。陀羅尼助は、売薬の一種で、胃腸薬として使われる。苦みが極めて強い。僧侶が「陀羅尼」という経文を誦えるとき、睡魔防止に口に含んだことに因む。それゆえ、多少の抹香臭さがする。

鬼房は、この薬を、津田清子から送ってもらって、飲んでみたという。すると「生半可な知性が吹飛んで助かった」（「一の沢雑記」）と。蟄は春に頭をもたげる。〈だらにすけ〉を、地上に蠢き現れる地虫と取り合わせたところが、まさに苦みの利いた俳味である。

綾取の橋が崩れる雪催

『何處へ』
昭和五十九年

43

　子どもが親と一緒に綾取り遊びをしている。夜の就寝前のひと時だろうか。親子の情愛が目に浮かぶ微笑ましい場面。しかしその綾取りの橋が崩れてしまった。〈橋が崩れる〉とは、不吉なことを暗示するようでもある。橋は闇深くへと落下したのだろうか。

　雪催の時には、いままでの空気の気配が変調していくようで、妙に落ち着かなくなる。そんな雰囲気を良く伝えている。雪が降り始めると、綾取りの時間は終わり、夜は一層闇を深くし、子は眠りに落ちるのだ。

新月や蛸壺に目が生える頃

『何處へ』
昭和五十九年

蛸壺漁は、蛸の狭いところに身を隠す習性を利用する。壺に入り込んだ蛸は、八本の手足に伝わる感触を確かなものと信じ、壺と一体化したように思い、安心感を得るのだ。蛸は新月の力によって、目鼻を得たのかもしれない。ユーモラスな情景が幻出する。新月は眉月ともいうように、人の眉のように細く輝く。秋の夕ぐれに現れるが、沈むのも早い。蛸は壺から飛び出した目玉から、新月の空、あるいは世の有様を眺めているのだろう。

雨漏りのわが頭蓋あり杉菜原

『何處へ』
昭和五十九年

死後もなお、鬼房の自虐的諧謔の世界は続く。他に、〈水もれの半生であり朴落葉〉（『潮海』）があるが、頭蓋の雨漏りの方が、機智の冴えがある。頭蓋の確かなかたちと影とが露わである。さらにこの様子を冷静に覗き込んでいる鬼房自身の姿が見えてくる。雨漏りのする頭蓋の中で、句作に呻吟しているのであろうか。杉菜原が、重くれの詩想を纏った妄想の世界を、少しだけ明るく軽いものにしてくれている。

蟹と老人詩は毒をもて創るべし

『何處へ』
昭和五十九年

鬼房はこの句を「箴言」という。蟹と老人を並べ置くが、この関係から何が立ち上がるのか。横歩きしかできない蟹と不自由さが身に及びつつある老人を前に、詩のあるべき姿を語るのだ。そして、詩が生まれる契機に、〈毒〉の力を置く。詩がまさに〈毒〉を孕まずして成立しないのは自明。そうであるならば、蟹と老人の存在そのものを、いわば諧謔と理解してもいいのかもしれない。諧謔に毒を盛って世の一切を無化、そして異化する。そこに俳句の本性があるのだと。では毒は何処からくるのか。〈純粋とは狂ひしことか吾亦紅　鬼房〉。

麦秋のとある日ふつと少年消ゆ

『何處へ』
昭和五十九年

いわゆる神隠しのことや、宮沢賢治の『風の又三郎』が思い浮ぶ。又三郎はある朝、教室の子どもたちの前から忽然と消える。転校するのだが、子どもたちは、風とともに去った「風の又三郎」と確信する。

自解によると、かつて年季奉公に出るため、学業半ばに学校を去った少年のことを詠んだとある。「人買い」ともいわれた仲介者がいた時代。〈消ゆ〉がなんとも哀しくも切ない。これは過去のことではなく、今なお経済的な理由で、子どもたちが学校を去る状況は変わらない。他に〈人買が来る熟れ麦の夜風負ひ〉。

下北の首のあたりの炎暑かな

『何処へ』
昭和五十九年

下北を擬人化したことについて、「人体をなし人格をもつこともまた自然の成りゆき」と自解し、「単なる地名ではなく、生き耐えて来た底辺の人間の象徴」とする。それは「同じ北方型の私の血が通うから」だと。

首の炎暑という措辞が容赦ない。鬼房は地の記憶を遡る。下北は、戊辰戦争に敗れた会津藩士が、斗南藩として再興を期した地。作物が育たぬ不毛の地で艱難辛苦を強いられた。それゆえ、「下北が私を呼び私が下北に応え同化する。」（「泉洞雑記」）と偏愛に近い心情を吐露するのだ。昭和五十八年、長女が一時住んだ青森での作。

山峡へ帰る人あり十三夜

『何處へ』
昭和五十九年

49

盟友の三橋敏雄は、この句の小品としての良さを褒めている。しかし私には単なる小品とは思えない。句の情景から、柳田国男の『遠野物語』の扉の言葉を思う。すなわち、「願はくは之を語りて平地人を戦慄せしめよ」と。柳田は、水田耕作の平地人に追われて、山に住まざるを得なくなった日本列島の先住民としての山人に一時注視した。それゆえ、山峡へと静かに帰って行くのは、山人であるように思えるのだ。平地人に敗れし山人の背は、十三夜のなかを、影を濃くして、山峡へと消えて行く。他に〈榾火掻く山人の影大いなる〉。

雪兎雪被て見えずなりにけり

『半跏坐』
平成元年

雪兎に雪が降り積もり、その姿を少しずつ変える。やがて雪にすっかりと被われて元の姿を失う。雪国ではよく目にする光景である。

〈雪兎雪被て〉と、〈雪〉の言葉の繰り返しが、小さな兎の姿が変化する様子を優しく捉えている。〈なりにけり〉のリズムは、雪に生まれて、雪に還っていく、時の移ろいそのもの。まさに雪兎は、降り続く雪に包まれて静かに浄化されていくようである。雪兎を作ったのが、子どもであることを思うなら、雪国の情趣は一層深まる。

うつとりと美豆《みづ》の小嶋を雪解水

『半跏坐』
平成元年

美豆の小嶋は、芭蕉と曾良が『おくのほそ道』の旅の途中、山形へ向かう時に立ち寄っている。鳴子の地を流れる荒雄川の中にある。『古今和歌集』の「東歌」には、「小黒崎《をぐろさき》みつの小島の人ならば都の苞《つと》にいざと言はましを　よみ人しらず」があり、歌枕である。島は女性に喩えられる。鬼房はさらにこの小島を、あたかも女陰のように捉える。雪解水は熱き陰を慰めるかのようだ。エロティックである。いつであったか、鬼房とこの句に話が及んだ時、まさに〈うつとり〉と一瞬表情を崩しながら、自解してくれたことを思い出す。

みなづきの極星をわが枕元

『半跏坐』
平成元年

鬼房は俳誌「小熊座」を昭和六十年五月に創刊した。この時六十六歳。遅れて来た主宰者であった。北天の星座の俳誌名は、「か弱いものの懸命な在りよう、小熊という言葉から来る可愛げなイメージ」（「泉洞雑記」）によると述べた。さらに、極星は北極星であり、北枕のイメージに重なるが、死者の頭を涼しい方向に向けるという思いやりの意味も込められていると。そして禁忌（タブー）にふれることで、創造力を喚起する契機になりうるのだと力説した。鬼房らしい気の張った、絶妙に屈折を孕んだ熱い思いである。そんなことを想起させる一句。

佐保姫の裳裾の沖を遠眺め

『半跏坐』
平成元年

塩竈の海を詠む。塩竈は、千賀の浦と呼ばれた歌枕。『伊勢物語』には、「わがみかど、六十余国のなかに、塩竈といふ所に似たる所なかりけり」とある。その好風は、都人のあこがれであった。左大臣源融は、塩竈の風景を模して、京に河原院を造るほどであった。

鬼房はこれらの故事を踏まえ、塩竈の遥かな沖に、春の女神、佐保姫の姿を想うのだ。後に、佐保姫の尿の飛沫で霞む光景なのだと、お茶目な笑顔を見せ、嬉しそうに自解してくれた。この句は、海を遠望できる街の再開発ビル屋上の風景板に刻まれた。

受難史の狼《おいの》沢《さは》萌え兆すとも

『半跏坐』
平成元年

54

「宮城岩手両県にまたがるキリシタン受難跡狼河原・大籠にて」と前書にある。この地には、かつて信者たちが隠れて祈禱した小さな洞窟や百二十余名が処刑された切捨場などが残る。狼沢の地名は、不気味でおそろしい響きをもつが、「おい」は、「おいぬ（犬）」の転化したもので、狼や山犬は、農作物を荒す猪や鹿から守ってくれる身近な存在であった。それゆえ狼は、大神とも呼ばれ、畏怖された。狼沢の地名とキリシタンの弾圧、殉教の歴史を詠んだこの句には、土俗臭の混じったいい知れぬ空気が漂う。「萌え兆す」がかすかな救いである。

夕霞小狐ならば呼びとめん

『半跏坐』
平成元年

55

藩政時代、塩竈は鹽竈神社とともに、遊郭の街として知られた。神社参拝を理由に、仙台城下から大勢の侍が足を運んだ。聖なる地は、性なる地でもあった。その名残は戦後まで続く。鬼房が長年住んだ赤坂の地は、街の一角にあり、赤坂奴《あかさかやっこ》という男をたぶらかす狐の伝説が今も残る。遊びで散財した男たちの言い訳が作り上げた話。この句は、そんな狭斜の巷にあっても、小狐ならば、思わず声を掛けてみたい気になるというのだ。いや小狐であったとしても、と思いたくなるが、いずれにせよ鬼房流おとぎ話なのである。

松島の雨月や会ふも別るるも

『半跏坐』
平成元年

56

西東三鬼は昭和三十六年八月、角川源義に招かれ、仙台で開催された俳誌「河」の全国大会に出席した。その足で塩竈、松島などを巡った。鬼房も会場の作並温泉に泊まり、同行する。この句は、塩竈の桟橋で松島に向かう三鬼との別れを詠んだもの。雨月の佳景松島の良さ、そして〈会ふも別るるも〉には三鬼への思いが、旅情とともに深い。三鬼は、〈男の別れ貝殻山の冷ゆる夏〉と詠む。〈男の別れ〉の通り、弟子である鬼房への眼差しに哀愁深い優しさが滲む。三鬼は帰京後胃がんを煩い入院。鬼房も別れた二時間後に、胆嚢を病み入院する。

秋深き隣に旅の赤子泣く

『半跏坐』
平成元年

57

昭和六十年十月に白河の南湖近くに泊まった時に詠む。鬼房の釈文に、「ものさびた晩秋の旅館。隣の部屋で赤ん坊が泣き出す」が、芭蕉の〈秋深き隣は何をする人ぞ〉の世界とは違い、「寂寥の孤独感はない。」と。また『野ざらし紀行』の捨て子の話とも違って、「非情もないし、漂泊の思いも淡い」と述べ、「沈みがちな晩秋の旅泊りに出会った無垢ないのちの美しさを詠う。」(「泉洞雑記」)とある。赤子の元気な泣き声が、旅情のなかに明るく響く。この旅では他に、〈鴨の水ごぼりごぼりと日が昇る〉などを詠む。

松島に筬《をさ》の音せり夕鶴か

『半跏坐』
平成元年

58

「民話がもとになっているが、風土的な日常にかかわるもので、一家を蔭で支える東北的な女性像を織り込んでいる。幻想を通してリアルに描き、理屈を斥けたつもり。」（「泉洞雑記」）と自解する。

曾良が松島で詠んだ〈松島や鶴に身を借れほととぎす〉はもちろん、木下順二の戯曲『夕鶴』の世界にも通じる清明な世界。今まさに、筬の音色が流れるなか、松島の夕方の空に、鶴が静かに姿を現しそうだ。

飴舐めて孤独擬《もどき》や十三夜

『半跏坐』
平成元年

〈飴舐めて〉からは、好々爺然とした作者の姿が見える。しかし、〈孤独擬〉には、「作為」が見え隠れする。そこがまたこの句の可笑しさであり、鬼房流の諧謔である。十三夜が、孤独擬きに少しだけ影を運び、可笑しさに深みを加えた。

そういえば、鬼房は糖尿の病を患い、時々飴玉を口に含んでいた。その表情はいつものように厳しく、孤独顔ではなかった。最晩年には〈飴なめてしみじみ枯野歩きけり〉を詠む。〈しみじみ〉に俳味が溶けている。

雪吊は雪の太《ふと》弦《いと》音もなし

『半跏坐』
平成元年

60

雪の重みから、庭木を守る雪吊。枝を支えるために樹形に合わせて、支柱から枝へと幾本も縄が張られる。冬の風物詩のひとつである。造型としても美しい。

張られた縄は、琴のような楽器の弦に見立てられる。しかし雪に覆われているが、音を発することのない〈太弦〉である。〈音もなし〉と言い切ることで、かえって、音を奏でることを強く想わせる。冬の深閑とした空気のなかで、雪の太弦の奏でる音色が気になる。

壮麗の残党であれ遠山火

『半跏坐』
平成元年

61

鬼房のロマンチシズムの極まった句。残党とは、戦いに敗れ、残った者たち。蝦夷の裔を自認する鬼房にとって、残党は蝦夷であり、さらには東北に逃れた義経と郎党、あるいは平泉の藤原一族、そして戊辰戦争における東北諸藩のことが念頭にあったかもしれない。

　いずれにせよ、敗れし者への共感であり、鎮魂である。同時に、残党の根拠とする意志であり決意である。さらに残党は壮麗でなければならないとは、鬼房の美学であり矜持。そこにロマンチシズムがある。「遠山火」は、再起のための狼煙、その種火なのだ。

半跏坐の内なる吾や五月闇

『半跏坐』
平成元年

62

鬼房は内向深く、己の存在をぎりぎりまで追い詰める。その果てに、己の本性を摑もうとする。もがき苦しむ己の姿を隠そうとはしなかった。自虐的ですらあり、痛々しいほどであった。だが己を軽やかに解き放つこともあれば、ますます混迷を深めることもあった。

この句は、五月闇にあって、己の内に思惟する姿を幻想する。しかし、それはもはや鬼房自身ではないのかもしれない。いや、やはり鬼房そのものなのか。鬼房には修羅の方が似合っているように思う。

白泉のものの朽縄も唖蟬も

『半跏坐』
平成元年

「多磨霊園にて」と前書。鬼房は昭和六十二年八月に、現代俳句協会賞の選考のため上京し、その足で深大寺の石田波郷の墓と多磨霊園の渡辺白泉の墓に詣でた。

　鬼房は十代の頃、「句と評論」に入会し、同人であった白泉に俳句の指導を求めた。送った句稿に対して、「便箋で四、五枚くらい、こうでなければいけない、ああやればいいいと」(『証言・昭和の俳句』)、丁寧な返信があったという。

　新興俳句の代表的俳人であり、治安維持法違反の嫌疑で検挙された白泉。それゆえ、〈朽縄も唖蟬も〉、身の内からは消えることなく、永遠に生き続けるのだ。

野葡萄の花食ひ鳥となりおとうと

『半跏坐』
平成元年

64

前書に「幼い弟が消化不良のまま冬に死んだ　巫女の話では蕗の下で昼寝をしてゐた狐の尾を母親が踏んだので　一番弱い児にとりついたのだといふ」とある。悲しくも美しい民話のような世界である。野葡萄は、淡黄色の五弁の可憐な花をつける。その花に飛来して啄む鳥に、弟の幻影を見たのだ。弟が亡くなったのは鬼房が五歳の時。その翌年には急性脳炎で父を失う。幼少の鬼房にとって、死そのものが身近な存在であった。他に〈人参を擂るおとうとの羽化のため〉〈雪はしづかに灰の音しておとうとよ〉などを詠む。いずれも哀しくも切ない。

130 — 131

一書家の死へのりうつる桜かな

『半跏坐』
平成元年

65

書家への鎮魂の一句。桜は書家を彼の世へと誘う。〈のりうつる〉に死の影が際立つ。書家とは塩竈の青木喜山である。昭和六十二年、「俳句と書の交感」と題し、鬼房との二人展を開いた。それから互いに書簡を通して親交を深める。鬼房も書家榊莫山に一時師事するなど、書への関心は強かった。喜山は十七歳で書道塾を開き、毎日書道展「近代詩文」部門で毎日賞を二度受賞する。〈痛むゆゑ背骨がわかる寒の雨　鬼房〉に共感していた。しかし、足に障害を抱え、六十五歳で急逝する。私は展示を企画した一人で、この時鬼房と初めて言葉を交わした。

架空の児花の吹雪に紛れたる

『半跏坐』
平成元年

鬼房は一男二女を授かったが、ここで詠むのは、架空の子、つまり想像上の子どもである。架空の子は、四十代の初めの頃から、身の内にすみついたという。この句をはじめて目にしたときに驚いた。私自身も心の奥に架空の子をすまわせていたからだ。しかし私とは違い、もっと崇高な話である。その名も光明皇后からいただき、「光明」と名づけた。それは「哀しげな遠まなざし」の「阿修羅童子」とも重なるともいう。花の吹雪に紛れて遊ぶ童子の姿に、自らを永遠に無垢で清浄たらんとする思いを託すかのようだ。

蝦蟇よわれ混沌として存へん

『半跏坐』
平成元年

この句は、荘子の「応帝王篇」の「渾沌（混沌とも）」に拠る。「混沌」については、中国哲学に詳しい野村茂夫氏によると、「あらゆるものが無分別に混在している世界を意味し、人知の加わらない、ありのままの自然の象徴」とされる。

蝦蟇の存在はユーモラスであるが、まさにその容貌、肢体は、あらゆるものを抱える混沌そのもののようだ。鬼房は自身の姿に重ねる。永遠の生命力を持つとされる蝦蟇は、自在な境地へ向かう伴走者でもあるのだ。

野に老いて冬満月を食ひ減らす

『半跏坐』
平成元年

この句は、小熊座の塩竈句会に初めて参加した時に目にした。句稿にこの句を見つけた時には驚いた。〈野に老いて〉と公言する俳人の存在を訝しく思った。当時私は現代詩の世界に魅かれていたのだが、このような演出過多で自意識過剰な世界を初めて目にした。後に鬼房の俳句を数多く知るようになり、少しは慣れた。鬼房には、野に身を置き、冬満月すらも食い減らすように、生きることの瀬戸際でこそ、見るべきものが見えてくるとの確信があった。そう言い切るのは、鬼房自身の境遇や資質はもちろん、戦前戦後の時代がそうさせたのだろう。

冬蔵《かく》す季《とき》の重みや父の国

『瀬頭』
平成四年

中国六朝時代の韻文『千字文』には、「天地玄黄　宇宙洪荒」など、千種の漢字を使った四字句が収められている。そのなかに「寒来暑往　秋収冬蔵」が見える。この句は、この四字句に拠る。安本健吉氏の註解によると、天地の気のことを捉えたもので、「春はおこり始め、夏は盛になり、秋は収まり冬は地中に蔵るゝものなり」とし、「秋冬」に「春生と夏長とをこめたり。」（岩波文庫）とある。

六十八年ぶりに訪れた父の生地である北の地、釜石において、鬼房は、沈むような重さの冬を、改めて感受したのだ。それはまた父への思いの深さでもあった。

長距離寝台列車《ブルートレーン》のスパークを浴び白長須鯨《しろながす》

『瀬頭』
平成四年

鬼房としては変則的で異色の作。長距離寝台列車が疾走している時、車両の屋上にあるパンタグラフがスパークする。放たれた光が、白長須鯨の巨大な体を照らした。素直に解釈するとその様に思う。しかし現実には、列車の走行する場所は、白長須鯨の生育する海域からは遠い。想像の一句ならそれでいいのだが、光に包まれて浮かび上がるのは、長距離寝台列車そのもののような気がする。列車が、スパークを浴び、白長須鯨の長大な姿に変換され、闇から浮かび上がったのだ。鮮烈な一瞬の情景である。

おろかゆゑおのれを愛す桐の花

『瀬頭』
平成四年

71

鬼房は自己愛をうまく表現できる俳人の一人だろう。〈おろか〉を理由に、〈おのれを愛す〉るのだ。心象の屈折度が、自己愛を絶妙に包み込んでいる。それは自虐の世界を捉えることに、熟達しているからなのだ。おろかは、愚か、愚直に及ぶ。誰もがおのれの愚かさは知っていても、それをそのまま受け入れることはなかなかできない。それを受け入れられるのは、おのれを凝視し、〈おろか〉を受け入れる奥深い心の闇を内に抱えているからだ。愚かさは、気高く薫る桐の花のような優しさの中にこそ輝く。

たらちねは日高見育ち菸の薹

『瀬頭』
平成四年

鬼房は「岩手の龍泉洞ほとりの若者と、アテルイたちの抵抗拠点胆沢の娘が釜石で出会い、その湾のほとりで大正八年三月二十日私を生んだ。」（「泉洞雑記」）と出自を述べる。日高見《ひだかみ》とは、北上川流域に開けた国。胆沢の地。『日本書紀』では蝦夷の地を指す。

母は鬼房が生まれた時、「牡丹雪が降って綺麗だった」と語ったという。雪が残っていても、いち早く地中から顔を出す蕗の薹は、明るく光を放つ。北の地にこそふさわしい。ほろ苦い風味は、母の存在そのものなのだ。母の句は他に、〈柘植の櫛嗅いでは母をたしかめる〉。

やませ来るいたちのやうにしなやかに

『瀬頭』
平成四年

〈やませ〉は「山背風」「山瀬風」、あるいは「病ませ」とも書き、夏に北東から吹く冷たい風のことである。そのため、北海道や東北地方では、幾度も深刻な冷害に見舞われた。そして飢饉が起こり、多くの人々を苦しめた。まさに「餓死風」あるいは「凶作風」である。

鬼房は〈やませ〉を、しなやかに身をこなし、音もなく獲物に忍び寄る狡猾な生きものである〈いたち〉に喩える。〈――来る〉の言葉が、地を這うようにして押し寄せる〈やませ〉を、たんなる風から不気味な生きものに変えるのだ。他に〈やませ入りこむ内陸へ内臓へ〉。

白桃を食ふほの紅きところより

『瀬頭』
平成四年

古くから中国においては、桃は不老長寿の食べ物であった。霊力があり邪鬼を払うともいわれた。子を産む娘にも喩えられる。そもそも〈食ふ〉は、命を頂く、乞うことである。命あるものを体内に取り込むとは、エロスそのものなのである。

この句の〈ほの紅きところ〉がいい。まさに命の表情が見えている。同時に妖しさがあり、エロチシズムの香が微かにしてくる。腐る寸前の爛熟の果実が最もおいしいとされるが、この句の世界はつつましく清らか。

みちのくは底知れぬ国大熊《おやぢ》生く

『瀬頭』
平成四年

みちのくの鬼房と言われるが、「みちのく」の語彙を使った俳句は意外と少ない。〈みちのくの淋代の浜若布寄す〉と詠んだ、同じ岩手の俳人山口青邨とは対照的である。

鬼房は、みちのくを、歴史、文化、生活の古層まで遡って捉える。大熊は、自然の食物連鎖の頂点に立つ。マタギなどの世界では、森の主として、敬愛を込めて呼ぶ。それはみちのくの自然の豊かさ、さらに奥深さ、まさに「底知れぬ」地の象徴である。重厚なみちのく賛歌である。

みちのくのここは日溜り雪溜り

『瀬頭』
平成四年

76

平成三年一月三十日、NHK衛星放送の番組の企画、「俳壇の巨匠たち」の収録のために、岩手県遠野で詠んだ吟行句。この時のメンバーは他に、森澄雄、沢木欣一、稲畑汀子。地元岩手の宮慶一郎が案内した。収録前に、揃って遠野市内の旧跡に足を運び、夜に囲炉裏を囲んでの句会であった。この句には、〈日溜リ雪溜リ〉のリズムの良さがある。日と雪の光が反射し、まさに春間近いみちのくのまばゆい情景が浮かぶ。この日、他に〈十王佛常の顔して春を待つ〉〈小鳥瀬《こがらせ》川の僅かに淵の氷りたる〉などを詠んだ。

然るべき荒野はなきかわが端午

『瀬頭』
平成四年

77

〈荒野〉〈端午〉と言えば、中国の屈原の話が思い浮かぶが、鬼房の世界は違う。〈荒野はなきか〉とは傲然たる想いである。然るべき自らのための荒野を探し求める。昭和五十年九月に、心臓衰弱のため入院した時、「荒野」と題し、「たかだか十七文字の言葉にしか過ぎないけれども、私は私なりにこれを極限の詩型と観じ、すくなくとも、うちにたぎるエネルギッシュな、野人の思いだけは持ちこたえ、俳句を作って行きたい。」（『蕗の薹』）と書く。鬼房はまさに、俳句の荒野を探し求めるために、「野人」の気迫を内に秘め、自らを奮いたたせていたのだ。

残る虫暗闇を食ひちぎりゐる

『瀬頭』
平成四年

78

　秋の深まりの中で、残った自らの命を、確かめるように鳴く虫。そして最後の渾身の力をもって、暗闇をも食いちぎらんばかりに、生を全うしようとする。闇を食いちぎった虫は、闇に消えて行く。まさに闇そのものとなってしまうのだ。〈ゐる〉が、この世の瀬戸際に残る命の動きを確かに捉えている。

　残る虫の存在は、鬼房自身であろうか。闇でもなお、いや暗闇でこそ光放ち輝かせることができるという思いの強さが見える。

158 ― 159

日向ぼこしてをり夢の靺鞨《マツカツ》で

『瀬頭』
平成四年

靺鞨とは、ツングース族を指す名称で、七世紀から八世紀にかけて栄えた渤海国を造る。陸奥国の国府跡に建つ多賀城碑（かつてこの碑は「壺の碑」ともいわれた）には、「去京一千五百里」などとともに、「去靺鞨国界三千里」と刻まれている。作家の司馬遼太郎は、この碑文を前に、当時の古代人の想像力は、江戸期の人間の想像を遥かに超えていると感慨を深くしている（『街道を行く』）。

鬼房は日向ぼこの中で、靺鞨の時空にゆったりと身をゆだねる。古人の想いと一つになって見る、まさに雄大な夢のひと時である。

いくつもの病掻きわけおでん食ふ

『瀬頭』
平成四年

80

病を掻き分けたところにおでんが顔を出す。おでんと病との混在感がユーモラス。胆嚢、胃、脾臓をはじめいくつもの宿痾を抱えながらも、力まずして己の生に向き合う鬼房の姿がある。庶民に愛されるおでんは作者に良く似合う。

しかし現実に生きる力となったのは、俳句であった。若い頃、私が出来上がった句稿を持参して、自宅に伺うと、青白い顔で、ふらつきながら現れるのが常であった。しばらく俳句を前にしていると俄然熱が入り、帰り際には嬉々として、別人のように蘇るのであった。鬼房は、俳句から生きる熱源を吸い取ったとしか思えなかった。

除夜の湯に有難くなりそこねたる

『瀬頭』
平成四年

七十三歳の作である。〈有難くなる〉とは、東北地方の方言で、死んでしまうこと。一年を無事に終えることができた除夜の夜。湯につかりながら、一瞬死の向こう側に誘われたように思えたのだ。生涯、病を幾つも抱えていた身にとって、死は常に背中合わせにあった。死の影が見えてはいるが、〈なりそこねたる〉と、死を「地の言葉」でしなやかにいなすところが俳諧味。同じ除夜を詠んだ四十代の〈除夜の月手ひらけば手の温み失せ〉の心境ではない。最晩年の作〈をしくも死取り逃したる去年今年〉と戯けるのとも違う。

只者で死にたい橅の芽吹き頃

『霜の聲』
平成七年

82

西行の、〈願はくは花のしたた〉の歌が浮かぶ。西行は桜とともに成仏を願う。桜は仏に祀るものである。対して鬼房は〈只者で死にたい〉と。「いはんや悪人をや」とする親鸞流に従えば、只者こそ成仏できるのかもしれない。そんな成仏への「作為」があったかはわからないが、素の己の姿のそのままに、〈只者で死にたい〉とは鬼房らしい境地。橅の木は東日本の植生の象徴で、深く豊かな森をつくる。縄文文化の豊かさを支えた植生である。鬼房はまさに、只者としてみちのくに生まれ、只者として橅の芽吹くみちのくの春に死を願ったのだ。

羽化のわれならずや虹を消しゐるは

『霜の聲』
平成七年

鬼房らしい妄想の一句。自解では、不老不死の仙人がいるなら、幸不幸をも超越した存在であろうと述べる。羽化した自身が、幸せを意味する〈虹〉を懸命に消している姿を、仙人の姿に重ねるのだ。鬼房は飛翔願望を抱いていたゆえに、〈仙人〉は理想の姿であった。いつも姿勢低く、地を這うように俳句に立ち向かうが、妄想は限りなく膨らみ続けていた。

いつかこの句を色紙に書いた時、「恐ろしいほどよく出来た感じ」であったという。その時の表情は仙人気取りであったに違いない。

海嶺はわが栖なり霜の聲

『霜の聲』
平成七年

84

自らの栖を海に求めるのは、補陀落の思想とも相通じる。「補陀落渡海」の言葉の通り、海の彼方に観世音菩薩の浄土、先祖の住む常世《とこよ》があると信じるわが国独自の思想である。

鬼房の栖は、深海に聳え立つ海嶺、つまり海底山脈。霜が降りた張りつめた空気のなかで、自らの理想の地を求めるのだ。そして海嶺に流れ着こうとする。補陀落の境地とは違い、鬼房らしく厳しい孤絶の境地である。

帰りなん春曙の胎内へ

『枯峠』
平成十年

〈帰りなん〉からは、中国六朝時代の詩人陶淵明の「帰去来辞」を思い出す。官位を辞して失意のうちに故郷へ帰った心境を綴った名文である。

対する鬼房の世界は、あくまでも母への郷愁である。春曙のなかで、母と一つに成ろうとするいわゆる胎内回帰の願望である。〈春曙〉は、母の温もりそのものである。幼少の頃に父を亡くした鬼房は、母には、特別な感情を抱いていた。一家を支え、父の役割も担った、かけがえのない母。そして最後には帰るべき永遠の存在であった。

光風の扶桑さながら誓子生く

『枯峠』
平成十年

86

山口誓子への追悼句である。鬼房を「天狼」に誘ったのは、西東三鬼の私信であった。「天狼同人となっても貴君の自由を絶対制約しない」との誓子の一言が添えられてあった。当時の「天狼」には、同人誌的な空気が流れていたこともあり、入会を決める。誓子は鬼房に、「私を迂回して私を越える道もある」と語る（『片葉の葦』）。鬼房は言う、「個性はつねに師に外れたところで花ひらく。」と。「私の誓子像は即物を手がかりとした男ぽさにあり」とも。光風の中で眩しく鮮やかに咲き続ける扶桑の花は、誓子への思いそのものである。

熊襲國栖土蜘蛛蝦夷蛸藥師

『枯峠』
平成十年

87

〈熊襲〉〈國栖〉〈土蜘蛛〉〈蝦夷〉は、大和朝廷に恭順しなかった「辺境」の土俗の民。熊襲は九州、國栖は大和吉野、土蜘蛛は常陸、蝦夷は陸奥。それはまつろわぬ民の反ヤマト連合軍と思いたくなる。

　鬼房は「癇癪を起こすと、ときに次（こ）のような句が飛び出して、気が静まる。」（「泉洞雑記」）と述べている。そして〈蛸薬師〉は「ファルス（茶番）」なのだと。いわゆる異化の役割。蛸薬師は民間伝承では、眼の病や吹き出物を治すといわれる。重くれの鬼房の世界だが、このような世界に居直り遊ぶことも時にはあったのだ。

胆《い》沢《さは》満月雪の精二三片

『枯峠』
平成十年

この俳句を刻んだ句碑が、平成十年一月二十五日に、母郷、岩手県胆沢町（現奥州市）に建立された。除幕式は、句碑のまわりに積もった雪を取り除いて行われた。

月光の降るなかで、雪が静かに舞い落ちる光景は、絵のようである。〈一二三片〉と限定したことで、雪片一つ一つが、月光を受けて鮮やかに煌めくのだ。

胆沢は、蝦夷の族長阿弖流為の根拠地。母とともに蝦夷への献詞の一句である。除幕式で鬼房は、「阿弖流為の名を聞くと血が騒ぐ」と嬉しそうに挨拶した。他に〈母郷なり粉雪と知れるのみの闇〉を詠む。

殺められたし空谷の桜どき

『枯峠』
平成十年

「桜の樹の下には屍体が埋まっている！」とは梶井基次郎の言葉。梶井は、あまりにも美しい満開の桜が放つ、死臭あるいは、異界臭を嗅ぎ取ったからに違いない。

この句の桜は、人が決して踏み込まない谷中にある。森閑とした深い谷に、人に見られることなく花を付ける桜。鬼房は、桜と己自身が一つになって、死を夢見るのだ。死を得て桜は、誰に見られることなく、一層美しく咲き誇るのだろう。美しく生きることを願ったゆえに、鬼房が希求した理想の境地でもあった。

愛痛きまで雷鳴の蒼樹なり

『枯峠』
平成十年

この句の「愛痛きまで」は、亡くなる一年前に上梓した句集名となった。そのあとがきには、「頽齢多病であるが、せめて精神的に蒼樹でありたい」と記す。句からは、激しい情感の迸りが伝わってくる。蒼樹は雷鳴に少しも振れることなく、耿然として佇立している。蒼樹とは鬼房自身である。そして烈烈たる愛の表白でもある。それは最晩年の精いっぱいの見得であったに違いない。

そういえば、鬼房は見得を切るのがうまかった。かつて、若い俳人らを前にして、「彼らの矢玉に当たって死にたい」と言い放ったことがあった。

北冥ニ魚有リ盲ヒ死齢越ユ

『枯峠』
平成十年

荘子の一節に拠る。荘子の「逍遊遥編」には、「北冥有魚、其名為鯤。昆之大、不知其幾千里也。」とある。幻想的な雄渾な詞章の世界である。北の海に泳ぐ鯤は、何千里とも知れぬほどの大きさで、時には姿を変えて「鵬」という大鳥にもなるという。

この句を、荘子の世界の「続篇」として読むのもいい。鯤は〈盲ヒ〉となり、はや〈死齢越ユ〉と。己自身の姿にも重ねる。大魚とともに壮大な時空のなかで、死に向かって消滅するという鬼房好みのロマンチシズムの世界であり、珠玉の夢そのものなのだ。

健次来る筈の塩竈秋刀魚饅

『枯峠』
平成十年

92

平成四年一月十三日、塩竈で作家中上健次の講演が予定されていた。演題は「小説家の想像力」。しかし、その三日前に慶応病院に入院し講演は中止。中上はその年の八月十二日には、肝臓癌で四十六歳の生涯を終える。私はこの講演の企画に関わっていたが、後に「健次の話を聞きたかったねえ」と、残念そうにつぶやいた鬼房の言葉が忘れられない。

塩竈の秋刀魚饅は美味。陸奥の鬼房から熊野の健次への最高のもてなしである。塩竈の海を前に、健次と鬼房が、秋刀魚饅に舌鼓を打って談笑する姿が目に浮かぶ。

永久に未熟の草《くさ》卵《たまご》なりわれは

『愛痛きまで』
平成十三年

前書に、「三月ともなればやたらと産れる卵を母は草卵と言ひお前もさうだと少年を叱つた」とある。若くして夫を失い、貧しさのなかで日々の生活に追われる母にとって、少年鬼房を相手にする暇もなく、煩わしい存在であったのかもしれない。しかし〈草卵〉には、揶揄にとどまらない、少年鬼房を愛おしむ母親の情感が籠もる。

同じ前書の句には、〈母のほか女人を知らぬ草卵〉があるように、母なる存在は、〈女人〉の始まりであり、最後には回帰し、再び抱かれる存在でもある。いずれの句も、母恋いの世界。

Ｚとも乙とも梅雨の鳥の影

『愛痛きまで』
平成十三年

94

梅雨の季節、鬱々とした雨が降り続く日、ふと外に目をやると、動く影があった。その影は鳥の影のようでもありはっきりしない。影はアルファベットの〈Z〉に見えた。いや十干の第二の〈乙〉か。言われてみれば、鳥の形に見えないこともない。鳥影を、このように喩えるのを見るのは初めてである。単純な見方だが、なぜか奇妙で面白い。でもよく分かる。影の形から実体を捉えるやり方を、「Z／乙法」とでも名付けてはどうか。句の解釈に遅疑逡巡してまごつく読者をしり目に、鬼房がしたり顔をしているのが目に浮かぶ。

不死男忌や時計ばかりがコチコチと

『愛痛きまで』
平成十三年刊

95

秋元不死男は昭和十六年、治安維持法違反容疑で検挙、投獄された。時計の音には、戦前・戦中の暗い時代の息苦しさが、迫って来るようで不気味だ。〈時計ばかりがコチコチと〉は、軍歌「戦友」の歌詞の一節。だがこの言葉は、不死男が、俳句の新人賞の副賞として、時計と五千円を鬼房に手渡しながら呟いた言葉だという。鬼房は、親密を表す揶揄の言葉であったと述べている。不死男の世界が、自らの世界と緊密な関係にあると強く感じていたのだ。〈コチコチ〉は、不死男の〈鳥わたるこきこきこきと罐切れば〉の「カ」音のリズムとも呼応する。

またの世は旅の花火師命懸

『愛痛きまで』
平成十三年

俳句は「爪書き」であり、「弱者の文芸」であるとした鬼房である。それゆえ、〈またの世〉への思いはいかにと見るに、花火師となって〈命懸〉と。愚直で生真面目な鬼房が、花火師の姿になる場面を想像するだけで、何ともいえない可笑しさが込み上げてくる。

いくつもの痼疾に苦しみ、俳句への鬱屈した思いが続く人生であったゆえに、かの世にあっては、この世の憂さを一気に晴らすかのように、大玉の花火を天空に鮮やかに揚げるのだ。

シオーモは賢治の港天河

『愛痛きまで』
平成十三年

「そして八月三十日の午《ひる》ごろ、わたくしは小さな汽船でとなりの県のシオーモの港に着き、そこから汽車でセンダードの市に行きました」。これは、宮沢賢治の童話『ポラーノの広場』の一節。「シオーモ」とは鬼房の住む塩竈であり、「センダード」とは仙台をイメージした架空の町の名である。童話は旧制盛岡中学二年の修学旅行の体験を元にしている。明治四十五年のことである。

天河に鉄道を走らせる賢治である。同じ岩手を出自とする鬼房も、生涯に亘って詩想を飛翔させ続けた。

みちのくに生まれて老いて萩を愛づ

『幻夢』
平成十六年

萩は昔から多くの歌人によって詠まれてきた。『源氏物語』にある〈宮城野の露吹きむすぶ風の音に小萩がもとを思ひこそやれ〉のように、「宮城野萩」は最も優美な花として知られた。まさに王朝文化の風情を象徴する。宮城に生きる鬼房にとって、萩は身近にあった。しかしこの句には、かつての〈毛皮はぐ日中桜満開に〉と詠んだ鬼房の姿はない。晩年にあって、萩を愛でるところまで至ったとする感慨がこの句に滲む。他に、〈宮城野の萩の下葉に死後も待つ〉。

鉛筆を握りて蝶の夢を見る

『幻夢』
平成十六年

鬼房は蝶の句をいくつも作っている。この句は〈眩しくも蝶の飛びたつ幻夢かな〉とともに、亡くなってから刊行された最後の句集に収められた。鉛筆を握り締め、死の淵の夢の中でも、蝶の姿を借り、妄想を掻き立てる。蝶に見る夢は、詩想の赴く遥かな時空にある。しかし〈握り〉から分かるように、軽やかさからは今なお遠い。

鉛筆といえば、不用の広告紙を裏にしてバインダーに綴じ、短くなった鉛筆で、俳句を書きつけていた鬼房の姿を今も思い出す。

翅を欠き大いなる死を急ぐ蟻

『幻夢』
平成十六年

絶筆である。鬼房は「地を這いずりながら飛翔を願望して熄まない型の俳句の作り手」（「泉洞雑記」）と自認していた。まさに最後の飛翔へと渾身の力を込める。翅を欠いてもなお高みへと向かう必死な姿である。〈大いなる死〉とは、まさに「大いなる生」そのものなのだ。

鬼房は芭蕉の〈旅に病んで夢は枯野をかけ廻る〉を、「心の修羅そのもの」であり、「壮絶なまでの執念の沸騰を見る思い」と評したことがあった。この句もまた、俳句にかけた鬼房の妄執の一句といえる。

詩魂高翔——成熟に抗して

鬼房の百句を編んだが、私の偏愛の百句である。と同時に、一句を通した私なりのささやかな鬼房論でもある。話はそれで終わりなのだが、巻末にさらに一文を求められると、書くことは余り残っていない。それでも語るとすれば、第一句集から紐解くことで、改めて鬼房が求めようとした世界を辿ってみたい。

望郷の晈きこめかみ泣くごとし
むささびの夜がたりの父わが胸に
汝を呼ばふすべなきか茫々と川涸れをり

第一句集『名もなき日夜』「悲しき鞭」の章から引いたが、すでに鬼房の世界そのものであることに気付く。重量感のある言葉とともに、粘着性を帯びた特徴ある世界である。特に〈汝を呼ばふ〉の句にある虚無、あるいは精神の飢餓感は、晩年まで変わらない。それはこの章に添えられた、「独楽よ、お前はお前の悲しさのために舞ひ澄む」との言葉にも表れている。

次章の「虜愁記」は、主に従軍俳句である。

嘔吐する兵なりハンカチを洋に落とす

胸せめぐ背嚢に手を嚙ませゆく

吾のみの弔旗を胸に畑を打つ

虜愁あり名もなき虫の夜を光り

戦場の現実と己自身を冷徹に凝視するのが印象的である。〈名もなき虫〉は、そのまま己自身の存在に重なる。

切株があり愚直の斧があり

この時辿り着いたのが、「愚直」であった。愚直を抱え、愚直として立つ、紛れもない鬼房の世界である。この愚直を起点にして、「弱者の文学」としての俳句世界への道筋が明らかになって行く。

第一句集が、鬼房の世界の土台、根拠を明らかにしたとすれば、第二句集『夜の崖』では、骨太の骨格を組み立てて見せた。西東三鬼が、「北の男」と題して、「鬼房は彼の詩友達と遠く離れていて、極北の風と濁流に独り立つ。風化せず、押し流されず独り立つ。」と第一句集の序に書いた通り、それに応えた、充実の一集といえる。

縄とびの寒暮いたみし馬車通る
鶺鴒の一瞬われに岩のこる
怒りの詩沼は氷りて厚さ増す
友ら護岸の岩組む午前スターリン死す
戦いあるかと幼な言葉の息白し

鬼房の「愚直の斧」は時代と社会に揉まれ、新たな一歩を歩み始める。

鬼房は、「極く年少の頃から漠然とではあれ、リアリズムの方向に身を置いてきた僕はもはやいかなることがあらうと、その哲学観、文学観が他の全く異つた観念の世界に飛躍することはないであらう。」（「風」昭和二十九年三月号）と述べる。すなわち、社会性俳句という時代の「影」を帯びながらも、リアリズムを失わず、美しく生きることの確かさを確信するのだ。それは鬼房のロマンチシズムに繋がる。リアリズムとは、現実をしかと捉え、そこからなおも現実を超えて行こうとする態度でもある。これに貧しさや暗さを手掛かりにしたのは、鬼房の置かれた時代、境遇とともに、自身の資質そのものでもあったのかもしれない。

鬼房は異国の戦地に赴くことで、自らの山河、風土が、より強烈に意識の中に入り込んできたと語る。風土をいわば外側から意識し始めたというのは興味深い。同時にそれは、戦場体験を経て感受したものであり、芭蕉が〈夏草や兵どもがゆめの跡〉に込めた思いにも重なる。

夏草に糞まるここに家たてんか

鬼房は、草いきれの中、新たな時代に、厳然と生きる覚悟を明らかにし、風土への強い同化意識を、自らの句作を通して深めて行く。「私の心のなかには常に山河が住んでいる。」とし、「私の風土記」（『片葉の葦』）を綴ろうとする。それは自ずと、「みちのく」の存在を自らが体現することでもあった。

勿来とはわが名なるべし春の川
蝦夷の裔にて木枯をふりかぶる
みちのくは底知れぬ国大熊《おやぢ》生く
やませ入りこむ内陸へ内臓へ

蝦夷の血脈に繋がるとは、もちろん幻想に過ぎない。幻想はロマンチシズムを得て膨らむ。飯島晴子は言う。「幼少から疎外される側を着実に歩いて来た五十年の一日一日に支えられているのだろう。風土は深く鬼房の肉に喰い込む悲しみの様相を呈している。」（「鬼房独断」「俳句研究」昭和五十七年五月号）と。

鳥食《とりばみ》のわが呼吸音油照り

みちのくは、鬼房に自虐的世界を生む。それが極まったのは、〈鳥食〉の句である。句集『鳥食』のあとがきに、「齢五十の半ばを越え、所詮とりばみの愚痴に等しかった来し方を愧じるばかりだ」と述べ、今や「収斂の時期、身軽にやさしくなりたい。」としながら、自らの血を凝視し、みちのくが抱える悲しみの総体を、胸奥に真っ直ぐに受けとめるのだ。この頃は「死ぬ程の思いをして俳句を作った」（「小熊座」平成四年一月）と語ったのが忘れられない。

鳥食の世界について和田悟朗は、「人間や人類全体の痛みをグローバルな痛覚として人間の賤しさを嘆息している」（「俳句研究」昭和五十七年五月号）と指摘する。鬼房は「痛み」の重さに軋み続ける。そのようにしか生きられない切ない性とも言える。それはそのまま、鬼房が求めた「弱者の文芸」の世界に繋がる。悲しみとしてのみちのくが、鬼房の悲しみの心象を浮かび上がらせ、鮮明にするのだ。

夏鳥はわが化身なれ沖つ石
陰《ほと》に生《な》る麦尊けれ青山河

夏鳥の句は、六十代前後の作だが、みちのく、風土とともに、歌枕への傾斜を深める時期である。歌枕である〈沖つ石〉にあって、夏鳥を自らの化身とする光景は、美しくも幻視的である。しかしその分、歌枕の詩力の前で、荒削りの生のエネルギーは、穏やかに収まりを見せたかのようでもある。

〈陰に生る〉の句が成ったときに、鬼房をして、俳人としての自らの命脈は尽きてかまわないとまで言わしめた。しかし、この言葉は、成熟に抗するとした鬼房には、似合わない。同じ「むぎあき」を詠んだ、〈成熟が死か麦秋の瀬音して〉の成熟に死を対峙させる世界こそ、鬼房の魅力なのだが。

その後、句集『何処へ』をはじめ『半跏坐』など、次々句集を纏める。六十六歳の時には、「小熊座」を創刊する。「創造の世界は教えたり教わったりするものではなく、自ら学び感得するものだ」と創刊の辞に書く。誌名も北の星座、小熊座。まさにみちのくの鬼房にふさわしい住処であった。

半跏坐の内なる吾や五月闇
蝦蟇よわれ混沌として存へん
飴舐めて孤独擬《もどき》や十三夜
蛟龍よ塩竈の月篤《とく》と見よ
いつの世の修羅とも知れず春みぞれ
流氷に乗り来て居場所失へり

〈半跏坐〉と〈蝦蟇〉の二つの世界の距離は、いずれも穏やかにして切実な心境。半跏坐の世界は混沌の闇と表裏である。しかし〈孤独擬〉にこそ味わいがある。鬼房は蛇笏賞の受賞の際、自らを「翼を欠いた鳥」に喩え、「永遠の飛翔願望」を抱くと語った。「地を這うばかりの哀しい存在」であり、「土俗に愛憎を傾けすぎる」とも。それは生きることへのしたたかな強さそのものであった。痩身の中には、土俗的なエネルギーが常に湧き立っていた。そして成熟の誘いに抗するように、必死に蒼樹、あるいは修羅にならんとした。と同時に、幼くして故郷を出たという「流民」意識は強く、詩想は遥かな彼方を遠望するのが常であった。

眩しくも蝶の飛びたつ幻夢かな

妄想を懐いて明日も春を待つ

翅を欠き大いなる死を急ぐ蟻

死後刊行された句集『幻夢』には、詩想への思いを隠さず、さらに高みをめざす最後の鬼房の姿がある。明日に春を待つ妄想の中で、永遠なる命を目指すように、大いなる死（生）へと最後の力をふりしぼる。そして、現実のさまざまな枷から解き放され、次なる世へと向かうのだ。

死後のわれ月光の瀧束ねゐる

初句索引

あ　行

か　行

さ　行

著者略歴

渡辺誠一郎（わたなべ・せいいちろう）

1950年　宮城県塩竈市生まれ。
1989年　「小熊座」主宰佐藤鬼房に師事。
1990年　「小熊座」同人。
1996年　第一回「小熊座」賞受賞。
1997年　句集『余白の轍』上梓。
（第三回中新田俳句大賞スウェーデン賞受賞）
2004年　句集『数えてむらさきに』上梓。
（宮城県芸術選奨受賞）
2014年　句集『地祇』上梓。
（第十四回俳句四季大賞、第七十回現代俳句協会賞受賞）
2015年　『渡辺誠一郎俳句集』上梓。
2020年　紀行文集『俳句旅枕　みちの奥へ』上梓。
2020年　句集『赫赫』上梓。

「小熊座」編集長、朝日新聞「みちのく俳壇」選者、現代俳句協会員、日本文藝家協会員。

現住所　〒985-0072　宮城県塩竈市小松崎11-19

発　行　二〇二一年四月二〇日　初版発行
著　者　渡辺誠一郎© Seiichiro Watanabe
発行人　山岡喜美子
発行所　ふらんす堂
〒182-0002　東京都調布市仙川町一―一五―三八―2F
TEL（〇三）三三二六―九〇六一　FAX（〇三）三三二六―六九一九
URL http://furansudo.com/　E-mail info@furansudo.com

佐藤鬼房の百句

振　替　〇〇一七〇―一―一八四一七三
装　丁　和　兎
印刷所　日本ハイコム㈱
製本所　三修紙工㈱
定　価＝本体一五〇〇円＋税
ISBN978-4-7814-1371-6　C0095 ¥1500E